Norbert Bogdon

RAMBAZAMBA
IN DER
SCHNICKSCHNACK
BAR

Norbert Bogdon
Norbert Bogdon stammt aus Bremen. Nach zehn Jahren als Fährmann auf der Weser veröffentlichte er seinen Roman „Tagebuch eines Arschlochs", der in Bremen ein Welterfolg wurde. Um dem Ruhm zu entfliehen zog er nach Hamburg und arbeitet seitdem als Journalist und Autor in Hamburg und Berlin.
www.norbertbogdon.de

ISBN: 9783738639001

Verlag und Herstellung: BoD-Books on Demand, Norderstedt

Alle Rechte liegen beim Autoren
Gestaltung und Fotos: Anja Giese, Hamburg
www.anjagiese.de

Lektorat: Annemarie Lüning

Für die atemberaubende Muse

Inhalt

Sibirische Winterkälte **9**

Die fette Königin **18**

Zahnarztarbeiten und Wollmäuse im
Sauerland **26**

Rambazamba in der Schnickschnack-Bar. **32**

Die liebe Liebe **37**

Teuflische Heide **42**

Sägearbeiten und Schnabeltassen **50**

Sibirische Winterkälte

Weil meine Frau von Geburt an ein ganz besonders durchtriebenes Stück Mensch ist, musste es wohl tatsächlich die reine Liebe gewesen sein, die mich einst in ihre Arme getrieben hatte. Zwar sah sie leidlich hübsch aus, doch charakterlich war mit ihr keinerlei Staat zu machen.

Ihr liebster Zeitvertreib war es, mit einer schweren Flinte auf die Kühe der nachbarlichen Bauern zu schießen. Klopfte einer mit starker, schmutziger Faust gegen die schwere Eingangstüre meines Anwesens, wusste ich, was zu tun war. Seufzend drückte ich den Geschädigten jedes Mal einen ordentlichen Batzen Geld in die Hand. Zufrieden zogen sie dann ab. Der Wert des Viehs war durch meine Zahlung mehr als abgegolten und beim Abdecker verdienten sie dann noch einmal.

Auch zündelte Liesl, so übrigens der Name meiner Frau, nur allzu gern. Schule, Rathaus, Turnhalle und Kirche brannten in unserem Örtchen nieder. Alle Gebäude musste ich mit dem modernsten Schnickschnack ausgestattet wieder errichten lassen. Manchmal hatte ich das ungute Gefühl, dass der Bürgermeister meine Gattin (man mag mir das folgende Wortspiel verzeihen) regelrecht befeuerte. Der im Gesicht bluthochdruckrote Kerl hockte mit ihr zu gern in der Dorfgaststätte beieinander. Stundenlang ertränkten sie Fliegen in ihren Bierkrügen, steckten die Köpfe zusammen und lachten verschlagen. Oft musste die Feuerwehr noch in derselben Nacht hinaus, um wieder irgendwo einen Brand zu löschen. Der Bürgermeister wiederum war längst in der ganzen Umgegend ein hochangesehner Mann, denn keine andere Gemeinde hatte schönere und neuere Gebäude als die seine. Händereibend und grinsend lief er deshalb durch unser nun so wundervolles Dorf.

Mein ehemals so glänzender Ruf als Kunstmäzen, Büchersammler und Herrenfahrer hatte freilich ganz erheblich gelitten. Der Wirtschaftsmagnat und Vorsitzende des illustren Vereins zur Förderung des Schönen und Guten, Dr. Karl Hammerschlag, lud mich schon lange nicht mehr zu seinen rauschenden Abendgesellschaften ein. Verübeln kann ich es dem tüchtigen Manne keineswegs. Mehrmals war Liesl dort so trunken gewesen, dass sie krakeelend von ihrem Sessel rutschte und kaum später schnarchend am Boden lag. Am scheusslichsten aber war ihr Benehmen beim Weihnachtspunsch im vergangenen Winter. Als sie sich einen Augenblick unbeobachtet glaubte, schnäuzte sich meine Gattin im rotgelockten Hinterhaar von Baroness von Greifenfink die Nase aus. Baroness von Greifenfink, über deren herrliche Anekdote, wie sie einmal versehentlich ein Eselsohr in Professor Haschkes Erstausgabe von Heimito von Doderers „Strudlhofstiege" gemacht hatte, wir gerade alle noch so vergnügt geschmunzelt hatten! Doch als der Hochadligen das Tun Liesls gewahr wurde, wollte sie wutentbrannt meiner Frau eine Ohrfeige verpassen. Die schien allerdings nur darauf gewartet zu haben, trat blitzschnell zur Seite und verpasste der ins Leere Taumelnden einen so kräftigen Tritt ins Gesäß, dass die Baroness auf alle Viere fiel. Sofort schwang sich Liesl auf ihren Rücken, rief „Hoppe, hoppe Reiter" und trieb die schon bald erschöpft Keuchende durch den Raum.

Erst vier Dienern gelang es, meine Gattin vom Rücken der Armen abzuziehen und das abscheuliche Schauspiel zu beenden. Während Liesl vor Vergnügen gellend lachte, murmelte ich unter Kratzfüßen nur unentwegt „Pardon" und eilte, die Liederliche fest an an der Hand haltend, so schnell als möglich aus dem Palais. Knallschnell ließ ich den Sportwagen durch die Finsternis rasen, um mich vom Ort der Pein zu entfernen. Um mich aufzuheitern, fasste Liesl in ihre Handtasche und holte vier goldene Löffel heraus, „Die habe ich mitgehen lassen", lachte sie zufrieden auf. Oh weh, auch das noch, dachte ich und mir stiegen wegen des so furchtbaren Abends die Tränen in die Augen. Das mochte Liesl denn doch nicht sehen. „Komm, ich erzähl dir das Gedicht vom alten Hutzelmann", rief sie und begann sofort mit der Rezitation.

„Der alte Hutzelmann
ging dann und wann
in der Nacht durch sein geliebtes Heimatdorf,
den Mund verkrustet von Schokoladenschorf.
In der Dunkelheit fiel er in den Abort
und war deshalb für immer fort."

Herrgott noch einmal!
    Man selbst las Lyrik von Klasse und dann so etwas! Zudem nach dem skandalösen Abend!
    Auch kratzte sie mit ihren Fingernägeln an meinem Bauch und gurrte dabei immerzu „Kille, kille". Dereinst hatte solches Tun bei mir die Leidenschaft tüchtig auflodern lassen, doch nun graute mich arg. Dadurch wurde mir gewiss: Die Liebe zu meiner Frau war endgültig erloschen! Ich musste diese schreckliche Person loswerden.

Zum Glück bin ich nicht auf den Kopf gefallen, hätte ich am liebsten formuliert. Doch das stimmt leider so nicht. Aus schierem Schabernack hatte Liesl erst kürzlich heimlich eine Stufe aus der Treppe herausgesägt und ich war bös gestürzt.

Zum Glück hatte mein Denkvermögen kaum Schaden genommen.

Als sie im Bette lag, schlummerte Liesl bald kräftig ein. Ich dagegen fand keine Ruhe, selbst der große Weinbrand-Schlummertrunk mochte mich nicht müde machen. Zu arg lastete der eklige Kummer, den mir das böse Weib immerfort bescherte, auf meiner geschundenen Seele. Durch das offene Fenster pfiff kalter Dezemberwind ins Schlafgemach und ließ mich tüchtig zittern. Fröstelnd stippte ich meine eiseskalten Füße auf Liesls Bettseite, denn sie ruhte immer unter einer elektrischen Wärmedecke.

„Oh, wie wohlig warm ist es dort", dachte ich noch und schlief dann endlich ein. Am nächsten Morgen wachte ich alleine auf. Lisl war schon fort, sicherlich, um wieder irgendwelchen gemeinen Unsinn auszuhecken oder gar schon durchzuführen.

Als ich aufstehen wollte, verhagelte mir gleich ein hässlicher Anblick die Gutemorgenlaune. Die vermaledeite Heizdecke hatte mir meine Füße gnadenlos ausgetrocknet. Alt, faltiggrau und verschrumpelt sahen sie nun aus. Wie niederträchtig unwürdig wurde mir deshalb auch der Weg zum Bad. Durch die Wärme waren mir die Füße sicherlich um anderthalb Schuhnummern eingelaufen. Ich kam deshalb nur mit tapsigen Trippelschritten voran, weil sie mir immer wieder aus den nun zu großen Filzhausschuhen schlappten.

„Bah", dachte ich verbittert, als ich die mir nun widerlichen Füße mit Melkfett unablässig eincremte. Der Anblick missfiel mir so sehr, dass ich darüber ein erkleckliches Weilchen weinte, bis von den Tränen schließlich der Kragen meines Morgenrocks triefte. Man mag sich nur zu gut vorstellen, dass dafür schon ein tüchtiges Stück Zeit vonnöten war.

Schließlich sahen Zehen und Ballen schon nicht mehr ganz so arg abgewirtschaftet aus. „Herrgott", dachte ich „hätte ich nicht so pausenlos gecremt, wären meine Füße wohl vollends ruiniert gewesen." Schon wollte ich wieder niedergeschlagen aufgreinen als ich dasselbe noch einmal dachte: „Hätte ich nicht so pausenlos gecremt, wären meine Füße wohl vollends ruiniert gewesen." Ei, nun schmeckte mir dieser vormals so trübe Gedanke gar nicht mehr so bitter. Im Gegenteil, er stimmte mich heiter wie schon lange nicht mehr. Ich war schlechterdings so guter Laune, dass mir erstmals seit unendlicher Zeit sogar wieder der Sinn nach ein wenig Gaudi stand. Der Hund des Nachbarn war ein übler Kläffer, der mir mit seinem Tun schon oft die Nachmittagsruhe ruiniert hatte. Ich lockte das eklige Biest mit rohem Fleisch zu einem Kaninchenloch in meinem Garten. Treudumm dachte das Tier, ich wolle ihm etwas Gutes tun. Doch weit gefehlt. Ich warf das Fleisch ins Loch, in das der Hund sich gierig hineinzwängte. Kaum guckte nur noch die Schwanzspitze heraus, schon schob ich die eigens herbeigeschleppte Gehwegplatte über die Öffnung. Bis mir davon langweilig wurde, hörte ich zu, wie das Vieh nun wie irrsinnig bellte. Dann ging ich in meine Villa, machte Waschlappen nass und tat sie in den Gefrierschrank. Der Hund hatte sich mittlerweile die Stimmbänder ruiniert und war auch sonst sehr verstört. Als ich ihn aus seinem engen Kerker entließ, eilte er mit eingezogenem Schwanz heim. Wie wunderbar war diesmal meine Nachmittagsschlaf: Der Kerl tat keinen Mucks. Erfrischt wie selten beging ich den restlichen Tag. Weil ich wusste, dass nun alles gut werden würde, focht es mich auch nicht an, dass Liesl mir nach ihrer Rückkehr vom Tunichtguten wieder einmal Mörtelpulver unter meinen geliebten Abendbrei mengen wollte. Auch brachte ich ihr ein Schwarzbier, das sie zufrieden in sich hineinschlürfte. Kaum war ein bisschen aus dem Glase abgetrunken, schenkte ich, ganz aufmerksamer Ehegatte, sogleich nach. Gemeinhin mag ich es nicht, wenn sie dieses Gebräu trinkt, fängt sie doch schon nach kleinen Mengen unfein an zu brabbeln. Doch heute war mir das egal, denn Gerste macht ja müde. So tat es dieses wunderbare Getreide auch bei ihr. Schon kurz nach zehn Uhr abends vermochte sie sich kaum noch auf den Beinen zu halten und wankte schnaufend ins Schlafgemach ab.

Bald schlief sie fest. Da legte ich ihr einen der gefrorenen Waschlappen aufs Gesicht. Und – tatsächlich – schon nach wenigen Minuten tat er sein teuflisches Werk. „Kalt, kalt, kalt", grunzte meine Liesl trunken und müde auf. „Ich mache es dir schön mollig, meine Liebe", gurrte ich und stellte ihre Heizdecke auf die Wärmestufe „Tiefste sibirische Winterkälte". Schon bald dampfte es höllenheiß aus ihrer Decke hervor. Liesl freilich merkte davon nichts, denn kaum taute einer der Waschlappen auf, holte ich flinken Schrittes einen frischen. So wähnte sich Liesl ganz unbewusst völlig durchgefroren, auch wenn sie unter der Decke fein vor sich hingarte. Am nächsten Morgen fühlte sie sich allerdings ein wenig matt. Ich redete ihr ein, dass sie die ganze Nacht schlafgewandelt und auf unserer Einfahrt begonnen habe, ein Loch zu graben. Das wolle sie mit eine dünnen Plane abdecken und dann aus dem Gebüsch heraus beobachten, wie nichtsahnende Besucher hineinfallen und sich tüchtig wehtun. Gern glaubte sie das, murmelte, „Da muss ich gleich fleißig weiterschlafen, damit ich auch genügend Kraft habe, das Loch recht tief zu machen. Heißa, das wird ein Spaß, wenn die albernen Menschen da herunterplumpsen", gähnte sie und schlief sogleich wieder ein, zufrieden lächelnd über ihre angebliche Bosheit. So ruhte sie den ganzen Tag und die ganze Nacht. Ich dagegen hatte alle Hände voll zu tun und wirbelte durchs Haus. Denn nicht nur musste ich immerzu mit den Waschlappen zur Gattin eilen. Auch anderes galt es zu tun. So war ich denn rechtschaffen erschöpft und hatte Frostbeulen an den Fingern, als Liesl im Morgengrauen erneut erwachte.

Nun würde sich zeigen, ob sich sich meine Anstrengungen gelohnt hatten! Und wie wohl wurde mir ums Herz, als Liesl sich streckte, reckte und dann die Bettdecke zurückschlug. Auf nicht einmal Zwergengröße war sie zusammengeschrumpelt. Noch ehe sie Begriff wie ihr geschah, hatte ich sie schon gepackt, unter den Arm geklemmt (wie federleicht sie doch nun war!) und war mit ihr in den Keller gelaufen. Dort hatte ich schon einen Verschlag aus Kaninchendraht gebastelt und darin ein Puppenhaus errichtet, in dem meine Gattin nun wohnen sollte. Sie konnte gar nicht so schnell gucken, wie ich sie in den Verschlag gestopft und die Klappe mit einem schweren Schloss versehen hatte. Freilich tobte sie zuerst wie irrsinnig. Doch mich focht das wenig an, bis ins Kaminzimmer, wo ich nun saß, gelangten ihre Laute nicht.

Nach einigen Wochen nahm ich mein gesellschaftliches Leben wieder auf, nun unbelastet von der skandalösen Gattin. Welche Wohltat! Inzwischen habe ich sogar bei mir im Hause schon wieder einige Dinner veranstaltet.

Sogar Baroness von Greifenfink hat mir verziehen und besucht mich gern in großer Abendgarderobe. Ihr schönster Spaß ist es, mit mir in den Keller zu gehen. Dann reicht sie Liesl durch den Kaninchendraht ein Stückchen Würfelzucker. Natürlich faucht und knurrt meine Frau böse, wenn sie die alte Erzfeindin sieht. Aber zuletzt siegt doch die Gier auf das Süße, sie entreißt der Baroness das Zuckerstück und kaut es mit Wonne. Die reicht ihr jedes Mal noch ein und noch ein Stück. „Nun ist es aber genug", sagt die Adelsfrau dann erheitert. „Aller guten Dinge sind drei". Nach diesen Worten löscht sie immer das Kellerlicht und verlässt lachend die öde Finsternis, um in den große Ballsaal im gleißenden Licht der Kerzenleuchter die wunderbare Anekdote zu erzählen, wie sie einmal versehentlich ein Eselsohr in Professor Haschkes Erstausgabe von Heimito von Doderers „Strudlhofstiege" gemacht hatte.

Diese Geschichte ist aber auch zu köstlich. Ich kann sie nicht oft genug hören und muss immer und immer wieder glücklich darüber schmunzeln.

Die fette Königin

Die fette Königin lag seit Tagen unbenutzt im Bette. Kein Untertan klagte sein Leid, kein Hoflieferant brachte Leckereien, kein Hausierer bot wertlosen Tand an.

Die Hofzwerge langweilten sich schon maßlos. Zu ihrer Zerstreuung bliesen sie Frösche mit Strohhalmen auf Zentaurengröße. Die armen aufgeblähten Tiere wurden vom Wind in ferne Länder geweht. Dort hielt man sie für Götter aus dem Himmel und verehrte sie sehr. Wie schade, dass die dummen Dinger davon nichts begriffen.

Derweil erhielt die fette Königin einen Anruf. „Hallo, hier spricht der Finanzminister", sprach der Finanzminister. „Ich habe Haus & Hof, alles Geld und auch den Schmuck Ihrer Majestät für Wein, Weib & Gesang verprasst. Nun bin ich gläubig geworden und verschwinde auf immer in ein Kloster mit Schweigegelübde. Adieu."

„Was tun?", dachte die Königin und hatte gleich einen famosen Schlachtplan, alles zu retten. In der Nacht wollte sie den Bauern die Zuckerrüben vom Felde stehlen und dann auf dem Wochenmarkt dem Volke verkaufen. Doch zu spät! Schon trat der Bankdirektor in ihr Gemach. Er trug Hochwasserhosen aus hässlichem Stoff. Doch das störte seine Frau nicht, denn sie war blind.

Der Direktor trat die fette Königin aus ihrem Bett. „Das gehört nun alles mir", lachte er böse und zeigte auf jeden Gegenstand im Raum. Seine Augen glänzten glücklich. Endlich Rache, dachte der mittelalte Mann. Denn als er noch Knabe war, hatte ihm die damals noch junge Königin in der Schule die Wurst von seinem Pausenbrot stiebitzt. Auch forderte sie von ihm für jeden Kuss einen Groschen. Und Rabatte gewährte sie keine. So musste er sich vor der Schule in einer Knochenmühle verdingen, um sein Taschengeld aufzubessern.

Während der Bankdirektor sich zufrieden die Hände rieb, war es der fetten Königin gelungen, aufzustehen. „Da hat der Zimmermann das Loch gelassen", raunzte sie der Mann an und wies auf die Tür. Langsam schlurfte die ehemals so Mächtige ab. Kein Gesinde eilte herbei, um ihre Sänfte bereit zu machen, die Pferde vor die Kutsche zu spannen oder zumindest die Schleppen ihres Hermelinmantels zu tragen.

Die Lakaien bereiteten indes dem Wirtschaftskenner die Bettstelle neu, kochten ihm allerlei Leckereien und dienerten um den Mann herum, bereit ihm jeden Wunsch von den Augen abzulesen. Denn er hatte sich schon zum König ausrufen lassen.

Zuallererst ließ er die vielen Lüster abhängen und aus den meisten Lampen die Glühbirnen entfernen. Er war widerwärtig geizig und wollte Kerzen und Strom sparen. Seine Frau würde das funzelige Licht nicht stören, denn sie war ja blind.

Die Königin tapste derweil schnaufend dem Dorfe zu. Sie wollte zu ihrer Tochter, die dort zur Schule ging. Die Prinzessin war spindeldürr und viel zu groß. Deswegen verhöhnten sie die Mitschüler immerzu. Wenn es ihr allzu bunt wurde, nahm sie das königliche Krönungsschwert und schlug damit einem ihrer Peiniger den Kopf ab. Dann war erst einmal Ruhe im Karton. Doch Kinder vergessen so schnell wie Katzen und nach ein paar Tagen ging das

Ganze von vorne los, bis wieder das Schwert sein Werk tat. So gab es nur wenige Kinder im Königreich.

Doch das hat die fette Königin nie gestört. „Welcher dieser kleinen Nichtsnutze hat schon einmal etwas Merkenswertes hervorgebracht?", hatte sie ihren Hofstab gern gefragt.

„Keiner!", scholl es sogleich aus den Mündern der zwielichtigen Gestalten und sie beklatschten die Königin dann auch jedes Mal recht artig. Sie alle hatten schon in größeren und prachtvolleren Königreichen gedient. Doch jeder von ihnen war aus den unterschiedlichsten Gründen (Veitstanz, Hexenwerk, Teufeleien, um nur einige zu nennen) in Schimpf & Schande davongejagt worden. Dieses doch recht schäbige Königreich war also die letzte Gelegenheit, wo sie noch dienen konnten. Da klatscht man schon zu allerhand.

Als die Königin an der Schule anlangte, wartete ihr Kind bereits vor der Tür. Der Bankdirektor war auch der Schulmeister in dem zugegeben sehr kleinen Königreich und sein erstes Gesetz war es gewesen, die Prinzessin von der Schule zu verweisen. Das Mädchen störte das freilich nur wenig, war sie doch eh immer überfaul gewesen. Schließlich würde sie irgendwann Königin sein!

Doch weit gefehlt. „Kind, wir sind jetzt abgesetzt & bettelarm", sagte die fette Königin.

„Pfui!", antwortete ihre Tochter und spuckte kräftig aus. Man muss das verstehen, sie war im Flegelalter.

Ihre Mutter putzte derweil Klinken und schellte an jeder Haustür. Jedem, der öffnete bot sie ihre Krone wie Sauerbier an. Denn niemand mochte ihr das prachtvolle goldene und diamantbesetzte Ding abkaufen. Durch falsche Erziehung verabscheuten die Menschen Pomp &

Prahlerei (Der Bankdirektor war ja, wie bereits erwähnt, auch der Schulmeister im Königreich gewesen.) So blieb die Arbeit der Königin ohne jeglichen Lohn.

Erschöpft schleppte sie sich in eine leere Scheune am Ende des Dorfs und schlief schon bald, von besseren Zeiten träumend, ein. Ihre Tochter langweilte sich derweil sehr. Nachdem sie eine Weile gezündelt hatte, aber keinen großen Brand zu entflammen vermochte, wollte ihr gerade fad werden. „Bravissimo, bravissimo, bella principessa!", schallte es da aus einer finstern Ecke der Scheune hervor. Es war Signore Buffone, der Besitzer des kleinen Rummels. „Fantastico!", klatschte er begeistert in die Hände. „Die schlafende & schnarchende fette Königin macht mir das Herz lachend! Und was mir gefällt, das gefällt auch dem Volke. Ich habe einen untrüglichen Geschmack. Deine Mutter wird die neue Attraktion in meinem Rummel. In bösen Zeiten wie diesen lechzen die Menschen nach ein wenig Glück. Und was könnte sie heiterer stimmen als eine schlafende & schnarchende Königin. Kommt mit mir, Kost und Logis sind euch frei und du, mein Kind, darfst Schokolade naschen, so viel du magst!"

Diese Worte gefielen dem Mädchen sehr.

„Ei, das verspricht ein vergnügliches Abenteuer zu werden, fremder Mann, wir gehen mit dir", sagte die spindeldürre Prinzessin sogleich zu.

Die fette Königin schnarchte derweil besonders laut im Stroh daher.

„Si, si", schnaufte der Mann zufrieden, dem das pracht- & geräuschvolle Weib zusehends mehr gefiel. Mit seinem Fuß stippte er kräftig gegen die Frau, bis die erwachte.

„Mama, Mama, der Unbekannte will uns in seinem

Jahrmarkt aufnehmen und ich habe zugesagt", rief die Tochter sie an.

„Mein Kind, wie wohl du entschieden hast. Besser hätte ich es auch nicht vermocht. So soll es sein." Sie reichte Signore Buffone die Hand, damit er ihr aufhelfe. Das tat er gern und der feurige Italiener brachte die fette Königin auch in Glut. Weil sie seit Jugendtagen wusste, wie man mit Männern umgeht, hakte sie sich bei ihm ein, blinzelte dem Rummelbetreiber ein paar mal keck zu und pfiff ein frivoles Liedchen. Schon war er ganz hinüber und hoffnungslos verliebt, so einfach ist das bei den Männern!

Signore Buffone wollte seiner neuen Herzensdame natürlich zeigen, was für ein ganzer Kerl in ihm steckt. Der fetten Königin, die er bald zu seiner Frau zu machen hoffte, zimmerte er aus tibetanischen Eichenbohlen (das sind ja, wie in Schreinerkreisen altbekannt, die vorzüglichsten Hölzer überhaupt) ein prachtvolles und stabiles Bette wie es kein zweites gibt. „Zauberhaft, zauberhaft", rief die fette Königin entzückt, kitzelte dem Italiener dankbar den Kehlkopf (der kostbarste Liebesbeweis unter gekrönten Häuptern, wie ja in Adelskreisen altbekannt ist) und schlüpfte in ihre neue Schlafstätte. Pfeilschnell war sie zufrieden und glücklich eingeschlafen. Sie schnarchte dabei so donnerlaut, dass es Signore Buffone sogar die Frisur durcheinanderwirbelte. „Schöner kann es nicht sein", seufzte er, ordnete sein wirres Haar und beschloss, die Menschen nun endlich an seinem unbändigen Glück teilhaben zu lassen. Im ganzen Land ließ er deshalb Plakate aufhängen. Darauf war zu lesen:

Das ließ die Menschen aufhorchen: Eine Attraktion, dazu auch noch Speis und Trank? Sie ließen alles stehen und liegen, um zum Rummel zu eilen. Lange Schlangen bildeten sich vor dem Zimmer der Königin. Und sie wurden nicht enttäuscht. Die schlafende & schnarchende fette Königin zauberte ihnen sogleich ein Lächeln ins Gesicht und ließ sie für einen Augenblick allen Kummer und alle Sorgen vergessen. Wenn sie dann beseelt aus dem Zimmer traten, wartete dort schon die spindeldürre Prinzessin, um ihnen Kämme feilzubieten, damit sie gleich ihre durcheinandergeschnarchten Haare zu ordnen vermochten. Signore Buffone verkaufte den Menschen, denen vom Attraktiongucken tüchtig hungrig und durstig geworden war, allerlei Wurst und Zwiebelsaft. So ging es tagein, tagaus. Die guten Geschäfte machten dem Rummelbesitzer und der fetten Königin tüchtig die Taschen voll. Nach Feierabend streichelten sie sich glücklich die Hände und fütterten die spindeldürre Tochter unentwegt mit Schokolade. Die war schon bald gar nicht mehr so dünn und wurde properer und properer. „Sie wird ihrer Frau Mama täglich ähnlicher. Schon in wenigen Wochen kann sie ihr beim Schnarchen helfen", war der Italiener sich einer glänzender Zukunft gewiss. Und so war es! Die zwei Schnarchenden lockten die Menschen noch mehr zum Rummel. Ihr ganzes Geld ließen sie dort. Für die Steuer blieb da freilich nichts mehr über. So musste der ehemalige Bankdirektor und neue König auf jegliche Einnahmen verzichten. Bald ging es im Schloss so arm zu, dass davon die Tapeten von den Wänden fielen. Der König wurde deswegen ganz verbittert und behaart. Bald darauf starb er.

    Nur seine Frau störte das alles nicht. Denn sie war ja blind.

Zahnarztarbeiten und Wollmäuse im Sauerland

In meiner Zeit als Zahnarzt im Sauerländischen rannten mir die Leute die Praxistür ein. Die Sauerländer, das ist ja allgemein bekannt, sind die eifrigsten Zahnarztgänger in unserem Lande. Woran das allerdings liegt, vermag ich nicht zu sagen. Als diese Problematik in meiner zweiwöchigen Ausbildung zum Dentisten abgehandelt wurde, lag ich leider unabkömmlich mit Scharlach im Bett.

Es war ein lauer Mittwochabend im Frühling, als es klingelte. Seufzend erhob ich mich von meinem Feierabendsessel. „Wohl wieder ein paar Sauerländer, die sich die Zähne aus dem Mund reißen lassen wollen. Wenn das so weitergeht, habe ich bald Oberarme wie ein Gewichtheber", dachte ich und öffnete. Vor mir standen Prinz Leopold und seine Gemahlin Prinzessin Bella. Ich kannte die beiden nur zu gut aus der Zeitung. Denn bei meinem Frühstückscognac las ich ich immer so lange in der Regenbogenpresse, bis mir vom Alkohol die Buchstaben vor den Augen verschwammen. Dann fühlte ich mich bereit für die Arbeit. Sie ging mir so leichter von der Hand.

„Mein Untertan, wir brauchen Hilfe", befehligte mir der Prinz herrschsüchtig.

Am liebsten hätte ich die beiden nicht hereingelassen, denn mit solchen Menschen hat man wegen ihrer vielen Extrawünsche nur Scherereien. Doch schon waren sie mir durch die Beine ins Behandlungszimmer geflitzt. Das war ihnen möglich gewesen, weil sauerländische Prinzenpaare ja immer ganz ungewöhnlich klein sind. Woran das allerdings liegt, vermag ich nicht zu sagen. Als diese Problematik in der Grundschule abgehandelt wurde, lag ich leider unabkömmlich mit Röteln im Bett.

„Hähä", lachte der Prinz selbstgefällig und frech, als ich nachkam. Er saß schon auf dem Zahnarztstuhl und hatte sich bereits eigenhändig ein Schutztuch um den Hals gebunden. Prinzessin Bella lugte derweil neugierig hinter der Sitzlehne hervor und kicherte aufgeregt. Sie schien Großes zu erwarten.

„Ich bin im Mundraum malad. Kümmere dich darum", befehligte mir Leopold blasiert. Ach, wie gern hätte ich den eitlen und unangenehmen Fatzke aus meiner Praxis geschmissen. Doch das war natürlich schlecht möglich. Die Sauerländer verehren ihr Königshaus ja auf nahezu unanständige Art und Weise. Weshalb das allerdings so ist, vermag ich nicht zu sagen. Als diese Problematik im Internat abgehandelt wurde, lag ich leider unabkömmlich mit Mumps im Bett.

Ein strenges Vorgehen gegen den Prinzen würde man mir in dieser Gegend jedenfalls ganz gewiss arg übel nehmen. So machte ich mich an meine Aufgabe und zündete eine Grubenlampe an, um auch ja alle dunklen Zwischenräume im Prinzenmunde ausleuchten zu können. Der hatte schon die Lippen so weit wie möglich auseinandergerissen und zischelte undeutlich „da muss sie rein", als ob ich nicht selbst gewusst hätte, wohin ich die Leuchte führen müsste. Seine Gattin kicherte weiterhin debil und jauchzte immerzu „Reiß ihm alle Zähne raus, oh ja, reiß ihm alle Zähne aus!"

Derweil hatte ich die Lampe im Mund Leopolds verbracht und schaute mir dessen Zähne an. „Da sieht alles ganz vorzüglich aus, Majestät, ich kann nichts Böses entdecken", sagte ich ihm nach einer peniblen Kontrolle. Gleich zog Prinzessin Bella eine Flunsch und greinte beleidigt los: „Wie dumm und traurig. Heute soll doch ein Spaßtag sein und nun darf ich doch kein Blut sehen und kein Wehklagen meines geliebten Gatten hören. Ich bin von Ihnen enttäuscht, Sie nichtsnutziger Arzt!"

Wütend packte sie einige der Zahnpastatuben, die ich meinen Patienten verkaufe, und drückte den Inhalt auf den Fußboden aus. Ich wusste doch, dass das saubere Pärchen mir nur Ärger machen würde. Auch Prinz Leopold war ungehalten und blieb missmutig auf dem Behandlungsstuhl sitzen. „Hör er mir ins Maul!" Ich kam dem Wunsch nur nach, weil es sich schließlich um einen Prinzen handelte und steckte vorsichtig mein linkes Ohr in seinen Mund. Es war zwar darin so kuschelig warm und feucht wie in einem Dampfbad, doch wohl fühlte ich mich nicht.

Erst vor wenigen Monaten hatte bei einer ähnlichen Tat ein Patient einen plötzlichen Niesanfall bekommen und mir dabei versehentlich ein erhebliches Stück meiner Ohrmuschel herausgebissen. Tagelang hatte ich mit schwerem Wundfieber auf Leben und Tod darniedergelegen.

Doch die Blaublüter haben sich wohl besser unter Kontrolle als wir einfachen Menschen. Ganz brav und bewegungslos hielt der Prinz seinen Mund offen, nur ab und an rannen ein paar Tropfen Speichel in meinen Gehörgang. Doch das behinderte mich nur ganz unwesentlich und so vernahm ich bald ein leises Geräusch.

Es kam aus dem linken unteren Backenzahn. „Chlllp", schmatzte es, als ich mein Ohr aus dem Prinzen herauszog. Da lachte seine Frau über das lustige Geräusch, wohl aber auch, weil die Haare nun direkt um das Ohr herum nass und albern an meinem Kopf klebten.

Ich nahm einen Spatel, um die Plombe an dem auffälligen Zahn genauer zu inspizieren. Ich brauchte nur ganz leicht daran zu ruckeln, schon fiel sie zur Seite. Sogleich wurde das Geräusch lauter und konkreter. „Ei, was haben wir denn da", murmelte ich nun ehrlich interessiert. Schon äugte ich wieder in den Prinzenmund, vorsorglich hatte ich mir zuvor meine Augenlupe eingesetzt.

Ah, da war es auch ganz deutlich zu sehen. In dem hohlen Prinzenzahn hatte es sich eine allerwinzigste bayerische Blaskapelle bequem gemacht und spielte munter eingängige Melodien im Dreivierteltakt. Auch wenn mir die Musik zuwider war, führte ich doch übervorsichtig – ich bin Pazifist und hatte schon beim Wehrdienst so oft wie möglich daneben geschossen – den Spatel in die Öffnung und rief: „Raus mit euch!"

Behend kletterten die urigen Musiker sogleich auf mein Hilfsgerät und ließen sich allzu bereitwillig aus dem Mund heben. „Grüß Gott", rief mich der Tubist der Truppe fröhlich an, als ich sie auf meinem Schreibtisch abgesetzt hatte. „Herzlichen Dank, dass Sie uns da herausgeholt haben. In der Dunkelheit wurde uns langsam schon fad. Auch waren ja die Räumlichkeiten da mehr als beschränkt."

Zum Dank fingen sie gleich wieder mit ihrer schrecklichen Musik an. Oh weh, da hatte ich mir etwas ins Haus geholt. „Ich frage mich nur, wie die in Ihren Mund gekommen sein könnten", überrief ich den Krach und wandte mich dem Prinzen zu. „Das kommt bestimmt, weil er immerzu Buchstabensuppe isst", rief die Prinzessin und schunkelte selig zu der Musik.

„Die mundet mir wirklich arg", bestätigte sie ihr Mann.

Tatsächlich ist in alten zahnmedizinischen Lehrbüchern (hier sei übrigens das Werk von Sigrid Jahreiß wärmstens anempfohlen) dieses Phänomen nachzulesen. Warum sich allerdings beim übermäßigen Buchstabensuppengenuss manchmal winzige bayerische Blaskapellen in den Zähnen einnisten, vermag ich nicht zu sagen. Als diese Problematik im Nachhilfeunterricht abgehandelt wurde, lag ich leider unabkömmlich mit Masern im Bett.

Nachdem ich dem Prinzen das Loch im Zahn mit einer neuen Füllung verschlossen hatte, erhob er sich flink vom Patientenstuhl und machte alle Anstalten, rasch meine Praxis zu verlassen. Doch so einfach wollte ich den adligen Kerl nicht gehen lassen. „Halt", rief ich mahnend. „Für meine Arbeit möchte ich unverzüglich entlohnt werden!" Gleich sah er mich bös an. Der Geiz seiner Familie ist ja geradezu sprichwörtlich. „Das königliche Gold ist gerade in der Reinigung", brachte Prinz Leopold hervor. „Als Entlohnung mag er die und die nehmen." Mit seinem manikürten Zeigefinger zeigte er auf seine Gattin und die Blaskapelle. Dann eilte er aus dem Behandlungszimmer und schloss die Tür von außen zweimal ab, damit ich ihm auch ja nicht sofort folgen konnte. Seufzend ließ ich mich auf einen Hocker sinken und betrachtete die kichernde Prinzessin Bella und die unentwegt spielenden Musiker. Da hatte ich mir ja etwas angelacht! Doch ich versuchte, aus meinem Los das Beste zu machen.

Die Praxis gab ich bald auf. Stattdessen wurde ich der Manager der Blaskapelle, die schnell nationalen Ruhm erlangte und mir mit ihren Auftritten in Festzelten, Unterhaltungssendungen und Einkaufszentren Unmengen Geld in die Hosentaschen spülten. An ihre widerwärtige Musik brauchte ich mich erst gar nicht gewöhnen. Der Krach ihres ständigen Gespieles ließ mich binnen kürzester Zeit taub werden, so dass ich von ihrer Musik rein gar nichts mehr hörte. Auch mit Prinzessin Bella harmoniere ich besser als ich anfangs vermutete. Sie ist – trotz ihrer hohen Position im deutschen Adel – doch ein sehr fleißiges und vor allem reinliches Ding. Seit sie an meiner Seite ist, brauche ich mich nicht mehr wie früher zu schämen, wenn ich die Schuhe ausziehe, denn sie stopft mir immer die Löcher in den Socken.

Am besten gefällt mir aber, dass sie wegen ihrer geringen Körpergröße so famos unter die Schränke kommt, um dort die Wollmäuse aufzuklauben. Von meinem schlimmen trockenen Husten, verursacht durch den Wohnungsstaub, bin ich inzwischen vollkommen genesen. Nur manchmal, wenn Prinzessin Bella und die Musiker bei Bier, Rettich und Käse-Weintrauben-Spießen in der Küche so ausgelassen feiern und es wohl auch zu einigen Unter- und Übergriffen kommen mag, sitze ich allein im Wohnzimmer und weine. Woran das allerdings liegt, vermag ich nicht zu sagen. Als diese Problematik im Kindergarten abgehandelt wurde, lag ich leider unabkömmlich mit Windpocken im Bett.

Rambazamba in der Schnickschnack-Bar

Jeden ersten Mittwoch im Monat fand in der allbekannten Schnickschnack-Bar das legendäre Ringelpiez mit Anfassen statt. Die Honoratioren unseres kleinen Kreisstädtchens trafen sich dort, um es einmal so richtig krachen zu lassen. Leider war auch hin und wieder Fräulein Bühte zugegen. An den Vormittagen peinigte die düstere Grundschullehrerin Knaben und Mädchen mit dem Abfragen von Rechenaufgaben, Erdkundewissen und den Feinheiten der französischen Grammatik. Auch erschöpfte sie die armen Würmer mit Leibesertüchtigungen derart, dass sie spätestens während der Kniebeugen einschliefen. Die Abendstunden nutzte die Frau, um neue perfide Prüfungsaufgaben für den nächsten Tag zu ersinnen.

Doch manchmal war ihr nach billiger Unterhaltung. So auch an diesem Mittwoch. Der Wirt der Schnickschnack-Bar rieb sich schon am frühen Abend vergnügt die Hände: Die erste Frühlingswärme hatte die Besucher derart aufgeraschelt, dass Bierdurst und Frivolität eine treffliche Verbindung bildeten. „Wie gut, dass ich außer Dienst bin!", rief deshalb auch der Polizeiinspektor beständig und bewarf nach guter alter Sitte unserer Stadt seine auf dem Tische tanzende Frau mit Wurst. Schon siedete die Stimmung dem Höhepunkt entgegen und alle wollten nun wie üblich aus den Fenstern heraus mit Kanonen auf Spatzen schießen. Doch als die Lunten gerade gelegt waren, öffnete sich die Wirtshaustür und Fräulein Bühte trat ein, trippelte zum Tresen, bestellte sogleich einen dreifachen Weinbrand, kippte das belebende Getränk in einem Zuge herunter und blickte dann streng durch den Raum. Die Gäste wussten, was nun folgen würde. „Wer vermag mir den Satz des Pythagoras zu erklären, was ist eine Katharsis und welches Federkleid trägt der Pirol?", fragte sie in die Runde. Einige der Honoratioren bohrten verlegen in der Nase, andere kratzten sich grübelnd am Kopf, die meisten starrten indes verlegen zu Boden. Denn niemand vermochte der Lehrerin ausreichend zu antworten. „Ich muss Strenge walten lassen", lächelte die froh. „Schließt Türen und Fenster und macht die Rolläden herunter", befahl Fräulein Bühte . „Oh je, oh weh", dachte der Wirt verbittert. „Das wird eine hässliche Nacht." Morgen würde er durch die Drogerien hasten müssen, um alle greifbaren Desinfektionsmittel zusammenzuklauben. Zudem wäre auch der Einsatz eines Rudels Reinigungskräfte unerlässlich, die sich ihr nervenzerrüttendes Tun nur allzu recht im Übermaß entlohnen ließen. Auch die Gäste wären am liebsten auf den Mond geschossen worden, denn sie alle hatten mit der Lehrerin denkenswerte Begebenheiten erlebt, die sich tief, allzu tief in Leib und Seele eingebrannt hatten.

Aber manchmal kommt das Glück aus unverhofften Ecken.

Gerade als der Polizeiinspektor mit zittrigen Fingen das Türschloss der Schnickschnack-Bar zunesteln wollte, traten vier Radaubrüder ein. Sie stammten aus dem Nachbardorf und waren auf Krawall gebürstet. Die Burschen hatten noch nichts auf dem Kerbholz und wollten sich dort nun einiges einfangen, um im Greisenalter etwas zum Erinnern zu haben. Nachdem sie sich mit Kartoffelschnaps tüchtig in Rauflaune getrunken hatten, waren sie mit ihren frisierten Mofas zur Schnickschnack-Bar abgebraust, „um den Laden einmal so richtig aufzumischen", wie ihr Anführer frech geprahlt hatte. Dort angelangt, schauten sie gleich grimmig umher, kauten schmatzend Kaugummi und steckten sogar die Hände in die Taschen ihrer Manchesterhosen. Diese Rockerposen hatten sie sich in sogenannten Halbstarkenfilmen abgeschaut und eifrig vor dem Spiegel einstudiert. Nun waren sie ganz wild darauf, diesem oder jenem eine Jacke voll Haue zu verpassen. „Wer will noch mal, wer hat noch nicht", pöbelten sie in der Schankwirtschaft, obwohl sie doch an Prügel noch gar nichts zustande gebracht hatten. Aber dann wollten sie beweisen, dass in ihren Händen zahllose Ohrfeigen steckten.

 Doch sie hatten die Rechnung ohne den Wirt gemacht. Denn der listige Mann sprach geistesgegenwärtig die Lehrerin an: „Fräulein Bühte, ich bin empört. Die jungen Herren äußern sich ohne Benimm und Verstand. Und das im Land der Dichter und Denker. Igitt! Ich bin sicher: Nur Sie vermögen, den frechen Burschen Zucht, Ordnung & ein anständiges Deutsch beizubringen", schmeichelte er der Angesprochenen. Da strahlte Fräulein Bühte, denn sie war für Lobhudeleien aller Art sehr empfänglich. Schon sauste ihr Rohrstock blitzschnell, wohlgeübt & unentwegt auf die Schädel der Rowdys nieder. Die wussten gar nicht so recht, wie ihnen geschah. So satt klatschten die Hiebe auf ihre Köpfe, die Umstehenden mussten schon schmunzeln. „Und nun ab ins Kabäuschen", befehligte die

Lehrerin und die Vier trabten wie begossene Pudel vor ihr her in einen Nebenraum der Gaststätte. Die Tür knallte zu und man hörte noch wie von innen der Schlüssel zweimal umgedreht wurde. Dann war Ruhe im Karton. Alle atmeten tüchtig auf und Steine fielen ihnen von den Herzen. Danach brach Jubel, Trubel, Heiterkeit aus. Man war noch einmal davongekommen. Das galt es zu feiern! Remmidemmi, Heidewitzka und Rambazamba lautete die Devise! Augenblicklich ging es so hoch her wie seit Ewigkeiten nicht mehr. Wolkenkuckucksheime wurden gebaut, Backfische genascht und ein Affe auf den Schleifstein gesetzt. Es wurde gezecht, bis alle dudeldick waren.

Die feine Gesellschaft hatte sich schließlich gegenseitig unter den Tisch getrunken und döste vor sich. Heim mochte freilich keiner wanken, denn man wollte nicht verpassen, wenn die strenge Lehrerin ihr Werk getan hatte. Es gab schon morgendliches Zwielicht, als Fräulein Bühte frohgelaunt aus der Kammer trat und zufrieden nach Hause eilte um vor dem Unterricht noch eine Mütze Schlaf zu bekommen. Bald danach tappten die vier Radaubrüder ab. Sie waren nicht wiederzuerkennen. In den vergangenen Stunden waren ihre Haare grau geworden und für eine ordentliche Arbeit, das spürte jeder im Raum, taugte keiner mehr. Auch die Nasen fehlten ihnen.

Als sie mit ihren Mofas abknatterten, kamen die Wirtshausgäste ebenfalls wieder auf die Beine. Die Zechgesellschaft schüttelte sich die Müdigkeit aus den Knochen, glättete die zerknitterten Schnapsgesichter, machte rasch Katzenwäsche und dann schaute der Polizeiinspektor vorsichtig aus der Schnickschnack-Bar, ob die Luft auch wirklich rein und Fräulein Bühte nach Hause gegangen war. Sie war und so zog die feine Gesellschaft mit Kind und Kegel los, um ihren Pflichten nachzugehen. Der Wirt ging derweil in den missbrauchten Nebenraum, um dort klar Schiff zu machen. Als alles picobello war, ließ er noch fünfe gerade sein und spielte eine Runde „Hau den Lukas". Dann stieg er in sein dürres Bett. Nach dem Aufwachen würde er sich aus den abgeschnittenen Nasen der Radaubrüder eine köstliche Suppe brauen.

Die liebe Liebe

Als meine bezaubernde Verlobte Gudrun noch ein Mann mit allem Drum und Dran war, lebte sie zurückgezogen in einer gemütlichen Kleinwohnung im niedersächsischen Oldenburg.

Morgens sammelte sie im Wald schmackhafte Pilze. Mittags aß sie in der Küche selbstzubereitete Eintöpfe. Abends trank sie in der guten Stube beschwipsenden Eierlikör.

Ein bescheidenes, ein unschuldiges, ein friedliches Glück, nach dem man sich nur sehnen kann.

Ich verdiente damals mein Geld als Vertreter für Schnürsenkel aus Ostbeständen, nahezu neuwertige Kämme und kostengünstige Rasierklingen („Garantiert nur einmal benutzt").

In dieser Funktion verschlug es mich auch an Gudruns Wohnungstüre. Als sie öffnete, war es bei mir gleich Liebe auf den ersten Blick. Ich bemerke es immer daran, dass meine empfindliche Verdauung unverzüglich durcheinander gerät. Zum Glück ließ mich Gudrun sofort ein, als ich fragte, ob ich mir einmal kurz „die Hände waschen dürfe". Während ich wusch, braute sie indessen eine Kanne Bohnenkaffee. Schon saßen wir bei dem dampfenden Getränk auf dem Sofa und sahen uns tief in die Augen. Sie muss mich wohl auch gleich gemocht haben, denn als sie sah, dass ich noch Hunger hatte, schob sie mir uneigennützig ihren Kaffeekeks herüber. Das ließ meine Gefühle sogleich noch mehr aufwallen.

Ausführen lassen wollte sie sich freilich zunächst nicht von mir. Vielleicht lag es daran, dass für sie ja alles noch sehr neu und Gudrun sich deshalb nicht ganz sicher war, was sich für eine Dame schickt. Doch ich ließ in meinen Bemühungen nicht nach. Als Charmeur ganz alter Schule wusste ich natürlich zu gut, was einer Frau das Herz höher schlagen lässt. Baccararosen, Weinbrandbohnen und eine gefühlvolle Fußmassage zur rechten Zeit haben noch immer zum Ziel geführt. Während einer Fußmassage merkte ich dann auch, wie ihre Blicke immer feuriger wurden. Nun war also die Liebe auch bei ihr eingekehrt. Unsere Küsse verscheuchten bei mir gleich alle düsteren Gedanken ob meiner bis dahin so hoffnungslosen Zukunft, denn ihr kräftiger Schnurrbart kratzte so lustig, dass ich unweigerlich lachen musste. Wir waren in unseren vier Wänden sehr glücklich, auch weil sie in ihrer Zeit als Bundeswehrsoldat ein hübsches Sümmchen zusammengespart hatte, von dem es sich vorzüglich leben ließ.

So hätte es ewig weitergehen können, doch leider machten mir die Nachbarn das Leben zur Hölle. Mit knochigen, hässlichen Fingern zeigten sie auf mich, wenn ich auf der Straße spazierte. „Ekelhaft!", empörten sie sich, „was will denn Gudrun mit so einem abgehalfterten, alten Kerl. Jetzt, wo sie leidlich gelernt hat, auf Stöckelschuhen zu gehen, bieten sich ihr doch ganz andere Möglichkeiten."

Um mein Glück zu erhalten, blieb mir nichts anderes übrig, als Gudrun zu überzeugen, mit mir in die große Stadt zu ziehen. Sie war inzwischen ganz hin und weg von mir. Ich wusste sie aber auch zu nehmen wie kein zweiter. Schnell hatte ich gemerkt, dass sie über schlüpfrige Witze sehr schmunzeln musste. Davon hatte ich reichlich im Repertoire und streute ein paar von ihnen immer wieder

geschickt in den Tagesablauf. Gudrun willigte in den Umzug sofort ein. „Ich folge dir bis ans Ende der Welt", flüsterte sie. Dahin wollte ich übrigens auf keinen Fall. Ich war einmal als noch nahezu knabenhafter Mann dort gewesen und hatte mir durch den Genuss gedünsteter Katze (das unvermeidliche Nationalgericht da) eine bitterböse Furunkulose zugezogen, die lange Monate nicht abheilen wollte.
So verließen wir denn Gudruns Wohnungsidyll und zogen nach Bremen.

Ich muss gleich gestehen: Bekommen ist es uns beiden nicht!

Gudrun, das Landkind, war von den glitzernden Neonreklamen, den vielen Menschen, dem Laster der Großstadt sofort über alle Maßen begeistert. Vielleicht muss man dafür sogar Verständnis haben: Sie, die sich bisher alles versagt hatte, wollte nun vieles nachholen.

Gudrun war jung, unverbraucht und hatte durch einige kleine chirurgische Eingriffe inzwischen eine sinnliche und üppige Weiblichkeit erreicht, die die Männer schier aus dem Häuschen geraten ließ.

Kein Wunder, dass sie der umjubelte Mittelpunkt in den Hafenkaschemmen der Hansestadt war.

Auch ich ließ es mir gut gehen. „Was kostet die Welt?", war mein Lebensmotto.

Immer weniger wurden die Gemeinsamkeiten von Gudrun und mir. Im Grunde verband uns nur noch, dass wir nebeneinander unsere Räusche ausschliefen.

So konnte es nicht weitergehen!

Das Geld schmolz immer mehr dahin!

Ich rechnete mir aus, dass ich allein mit der verbliebenen Summe hervorragend auskommen würde. Ich war schon so alt, so verbraucht, so eingefallen, dass das Ende unmöglich noch allzu viele Jahre entfernt sein konnte. Doch zu zweit würden wir nie mit dem Ersparten hinlangen. Und ich wollte mich nie wieder in Altenheime einschleichen müssen, um aus den Kulturbeuteln verstorbener Bewohner schmierige Kämme und benutzte Rasierklingen zu stehlen, die ich dann später über Land verkaufen müsste.

Zum Glück war ein sehr kalter Winter, so kalt, dass beim Flug erfrorene Raben manchmal wie Geschosse vom Himmel fielen.

Ich log Gudrun vor, dass eine echte Großstadtfrau von Welt Champagner aus dem Bauchnabel eines Mannes trinken können müsste, ohne dass es kitzle. Gern sei ich bereit, ihr diese Kunstfertigkeit zu lehren. Begeistert willigte sie ein! Das wollte die Lebefrau natürlich sofort lernen.

Schon hatte ich die erste Flasche geöffnet. In den folgenden Stunden gab ich vor, ihr allerlei Tricks beizubringen. Gudrun war so wissbegierig bei der Sache, dass sie gar nicht merkte, wie sehr ich mir auf die Lippen biss. Denn natürlich kribbelte ihr Schnurrbart auf meiner Bauchhöhle ganz barbarisch. Doch ich wollte sie auf keinen Fall entmutigen und ihren Eifer bremsen. Bald hatte sie mir den Inhalt von zwei Flaschen aus dem Nabel geschlürft. Sie schielte schon vom Betrunkensein. Jetzt war meine Zeit gekommen.

„Gudrun, du brauchst frische Luft", sagte ich und verfrachtete sie in unsere achtzylindrige Limousine. Schnell glitten wir damit durch die Straßen aus der Stadt.

Da! Der herrliche Wald des Bremer Speckgürtels. Wie schön waren wir durch ihn im Sommer spaziert, Gudrun immer bemüht, ein paar leckere Pilze zu finden.

Ach gute, alte Zeit! Vorbei, vorbei.

Nun hatte sich Gudrun bei mir untergehakt, um auf dem unebenen Waldboden nicht den Halt zu verlieren.

„Hier ist es aber beschwerlich zu laufen", brachte meine Verlobte vor.

„Meine Liebe, wie recht du doch hast", bestätigte ich sie. „Lass uns doch auf diesem Findling kurz rasten."

Zu gern nahm sie Platz, vor Müdigkeit und Trunkenheit fielen ihr bereits die Augen zu.

„Ich hole nur rasch Cigaretten", raunzte ich ihr zu. „Jaja, bis gleich", murmelte Gudrun müde und schnarchte auch schon auf.

Jetzt aber schnell zurück zum Wagen, ich hatte von der eisigen Kälte schon ganz steife Finger!

Seitdem habe ich nichts mehr von meiner großen Liebe gehört, dabei ist schon Frühling.

Manchmal, wenn ich mir ein Gläschen Eierlikör einschenke, muss ich unweigerlich an Gudrun denken und dann steigen mir die Tränen in die Augen.

Ich bin doch sensibler als ich dachte.

Trost suche ich bei gelegentlichen Kaffeekränzchen mit meiner Nachbarin.

Die Bankdirektorswitwe ist zwar nur knapp zwanzig Jahre jünger als ich. Aber sie sieht so munter und kregel aus, dass sie die bei mir sicherlich bald notwendige Pflege problemlos wird ausführen können. Wenn wir uns morgen wieder treffen, werde ich sie deshalb mit einer Großpackung Weinbrandbohnen und einer Fußmassage überraschen.

Teuflische Heide

In jüngeren, besseren Jahren, als mein Herz noch gesund war, begeisterte ich mich fürs Wandern. Ich durchschritt das Kleinwalsertal, erkundigte den Dschungel von Borneo und begleitete den weltbekannten Geologen Professor Thackwell auf seiner ja längst legendär gewordene Expedition durch Peru. Damals gerieten wir bei Puerto Maldonado in einen Hinterhalt räuberischer Desperados. In dieser späterhin als „Battle of Blood" berühmt gewordenen Schlacht mit den Verbrechern verlor Thackwell, wie ja sicherlich jeder weiß, durch einen Krummsäbelhieb die linke Hand. Trotzdem führte uns der brave Mann zum Sieg über die Halunken und verschied erst danach.

Doch hier soll von einer Wanderung durch die Lüneburger Heide erzählt werden, die mein Leben so schicksalhaft veränderte.

Ich brach an einem sonnigen Maimorgen in Visselhövede auf, im Gepäck nur leichte Kleidung und ein wenig Proviant, denn ich wollte am Abend in Walsrode anlangen. Das Wandern ging mir gut voran, die Sonne wärmte mich wohlig, Heide und Wacholder am Rand des einsamen Weges erfreuten Auge und Gemüt. Schon seit Kindheitstagen hatte ich mich in der rauen, mich immer ein wenig angenehm wehmütig stimmenden Lüneburger Heide seltsam heimisch und glücklich gefühlt.

Kein Mensch, kein Tier begegneten mir über Stunden. Gegen Mittag gönnte ich mir bei einer Rast ein karges

Mahl aus frischem Brot, einem Stück Dauerwurst und einer Flasche Bier. Danach muss ich wohl eine ganze Weile eingenickt sein, denn als ich wieder erwachte, war die Sonne längst einem schwer wolkenverhangenen Himmel gewichen. Wind buhte garstig über die Landschaft und ließ mich frösteln. Schnell sprang ich auf und marschierte weiter, denn bis Walsrode musste es noch ein ganzes Stück sein. Immer grauer wurde der Himmel, immer heftiger der Sturm. Schon brach ein entsetzliches Gewitter los, Donner, Blitz und peitschender Regen umtosten mich. In Sekunden war ich vollkommen durchnässt, die Temperatur fiel so schlagartig, dass ich entsetzlich fror, und es wurde so dunkel, dass ich kaum mehr meine Hand vor Augen sah. So irrte ich unsicher umher, stolperte über Wurzeln, gar nicht mehr sicher, ob ich überhaupt noch auf dem rechten Wege nach Walsrode war, ja nicht einmal mehr gewiss, ob ich mich überhaupt noch auf einem Weg befand oder schon längst in die offene Landschaft abgekommen war. Im dunklen Sturm hatte ich mich in der Einöde hoffnungslos verlaufen!

Auch wenn die Lüneburger Heide ja in einem hochindustrialisierten Lande liegt, ist doch dieser Flecken Erde so abseits und menschenleer, dass dieses schon vielen Wanderern widerfahren ist. Einige blieben für immer verschollen, andere wurde erst Jahrhunderte später als Moorleichen wiedergefunden, um dann in einem muffigen Heimatmuseum ausgestellt zu werden, wo kecke Ausflugsschüler ihnen als Andenken die Finger von den ledrigen Körpern zu brechen versuchen.

Solch ein schauriges Schicksal wollte ich mir ersparen!

Gerade hatte ich beschlossen, unter einer mächtigen Kiefer notdürftigen Schutz vor den Unbillen der Natur zu suchen. Dort wollte ich ausharren, bis das Unwetter vorbei war, um dann sicheren Fußes weiterzuziehen. Als ich mich dort jedoch einzurichten begann, erspähte ich in nicht allzu großer Ferne ein Licht. Mochte dort vielleicht ein abgelegener Bauernhof sein, bei dem man mir sicheren Unterschlupf gewähren würde? Pochenden Herzens kämpfte ich mich durch das brausende Unwetter dem Licht entgegen. Schon bald erkannte ich die Umrisse eines Hauses. Als ich noch näher kam, hob sich immer deutlicher ein Schild von dem Hause ab. „Zum alten Krug" konnte ich darauf lesen. Oh, wie freute ich mich! War ich doch in dieser einsamen Gegend auf eine Schankwirtschaft gestoßen! Hier würde ich gewiss Ruhe für die Nacht finden. Beherzt öffnete ich die schwere Eichentür und trat in die Wirtsstube. Der mit rohen, abgewohnten Möbeln eingerichtete Raum schien zwar wenig gastfreundlich, aber der Bollerofen glühte und die angenehme Wärme tat meinem ausgekühlten Körper sogleich wohl.

Ich war der einzige Mensch in dem Zimmer und so wählte ich natürlich den nahesten Platz zum Ofen hin. Als ich es mir dort gemütlich gemacht hatte, rief ich mit lautem Hallo nach den Betreibern der Kneipe, die sich immer noch nicht hatten sehen lassen. Tatsächlich vernahm ich sogleich Schlurfgeräusche aus dem abgedunkelten Raum hinter der Theke. Dann tauchte ein ungemein dicker Mann aus dem Dunkel auf, seit mehreren Tagen unrasiert, die fettigen, schwarzen Haare klebten fest am massigen Schädel und die Fingernägel hatten schon von Weitem gut sichtbare Trauerränder.

Als er mir näher kam, schlug mir übel sein beinahe unerträglich saurer Körpergeruch entgegen. „Womit kann ich dienen", raunzte er mich unfreundlich an und bleckte dabei seine außerordentlich ungeputzten gelben Zähne. Mich ekelte tüchtig, der Appetit war mir vergangen und so bestellte ich nur einen Wacholderschnaps.

Laut hustend ging er ab, um die Flasche zu holen. Bald stand sie auf meinem Tische und das dazu gebrachte Glas sah gottlob manierlich aus. Als der Wirt mir eingoss, versuchte ich, ein wenig Konversation zu treiben.

„Furchtbares Wetter", sagte ich.

„So geht's hier oft", murmelte der Fette mir entgegen.

„Wahrscheinlich ist es heute bei Ihnen deshalb so leer?"

„Viel Betrieb ist nie", schüttelte er den Kopf.

„Haben Sie eigentlich auch Gästezimmer?"

Als ich das fragte, schien es mir, als ob seine Augen für einen Moment geheimnisvoll aufglommen.

„Sie wollen hier schlafen?"

„Bei dem Unwetter möchte ich nur ungern weiterziehen."

„Wir haben ein Zimmer, es wird Ihnen gefallen", sagte der Wirt, nun eine Spur freundlicher. „Ich muss jetzt gehen." Dann tappte er davon und stieg die Kellertreppe hinab.

Ich wartete ein ganzes Weilchen, trank immer wieder einen Schluck vom guten Wacholderbrand und fragte mich dann doch, wo nun der Mann blieb. Gerade wollte ich nach ihm rufen, als ich Schritte auf der Kellertreppe hörte.

Doch statt des fetten Wirtes trat nun eine atemberaubend schöne Spanierin in den Schankstube. Ihre glutvollen dunklen Augen blitzten mich so eindringlich an, dass ich einen wohligen Stich in der Brust zu spüren glaubte. Als sie mir bedeutungsvoll zulächelte, leuchteten ihre Zähne wie weiße Perlen auf. Sie kam an meinen Tisch und fragte, ob ich nun mein Zimmer sehen wolle.

„Ist denn der Wirt nicht mehr da", fragte ich verwundert. Hell und bezaubernd lachte sie auf. „Ich bin die Wirtin. Sie meinen wohl meinen Aushelfer? Der hat Feierabend und ist heimgegangen. Wäre Ihnen denn seine Gesellschaft lieber als die meine gewesen?", fragte sie keck und mit liebreizendem Augenaufschlag.

„Aber ganz und gar nicht", versicherte ich wahrheitsgemäß und vergaß augenblicklich, dass es mir soeben noch ein wenig seltsam erschienen war, wie der Mann nach Hause gekommen war, ohne an mir vorbeizukommen. Nun, vielleicht gab es eine Kellertüre, durch die er verschwunden war. Ich mochte eh nicht mehr Gedanken als nötig an den unangenehmen Burschen verschwenden.

„Dann lassen Sie uns nach oben gehen", forderte mich die Schöne auf, legte ihre zarte, von einem schmalen Goldring mit blauen Saphir geschmückte linke Hand in die meine und zog mich vom Stuhl hoch. Mit klopfendem Herzen folgte ich ihr die Treppe hinauf. Selten zuvor hatte ich eine Frau gesehen, die sich so anmutig und sinnlich wie sie zu bewegen wusste. Im Obergeschoss angelangt, sah ich nur eine Tür. „Hier ist mein Privatgemach", flüsterte die Frau mir zu.

„Und wo ist mein Zimmer?", fragte ich mit belegter Stimme.

„Mein Zimmer wird auch dein Zimmer für diese Nacht sein", hauchte sie zärtlich. Dann legte sie die Arme um meine Schultern und küsste mich.

Es war ein Kuss, der nach Honig und Tausendundeiner Nacht schmeckte, ein Kuss, der Fremdes, Aufregendes und Ungewohntes für die kommende Nacht verhieß und mich betörte, wie nie ein Kuss zuvor.

Dann zog sie mich in ihr Zimmer, auf ihr Bett und es

geschahen Liebkosungen, über die ich als Gentleman, als Mann von Benimm und Welt an dieser Stelle nicht berichten kann und möchte.

Nur soviel sei dem wissbegierigen Leser verraten: Ich erlebte die Wonnen der Glückseligkeit, und kostete so reichlich vom Nektar der Leidenschaft wie es wohl nur ganz wenigen Menschen widerfahren wird!

Kein Wunder also, dass ich dann vollkommen erschöpft und verausgabt in den Kissen schlummerte, die Spanierin an meinem Rücken geschmiegt, ihren linken Arm um mich gelegt.

Stunden später erwachte ich durch ein Geräusch – ein lautstarkes Schnarchen. „Das geziemt sich aber nicht für eine schöne junge Frau", wollte ich gerade in mich hineinschmunzeln und die Bezaubernde ein wenig zur Seite drehen, als ich bemerkte, dass es in dem Raum unerträglich salmiakig-schweißig roch.

Zwar ruhte immer noch eine Hand auf mir, zwar blitzte immer noch der goldene Ring mit dem blauen Saphir daran. Doch es war nicht die schöne schlanke Hand der Spanierin, sondern die vor Schmutz starrende Pranke eines Mannes.

Entsetzt fuhr ich hoch und drehte mich um. Nun war es gewiss: Neben mir ruhte nicht meine feurige Liebhaberin, sondern der fette Wirt!

Schockwellen liefen durch meinen Körper und verstärkten sich noch, als ich an seiner unteren linken Halshälfte einen dunkel schimmernden Liebesfleck entdecken musste. Genau an der Stelle hatte ich die vorgebliche Spanierin ganz besonders leidenschaftlich geküsst. Nun war es mir gewiss: Ich war einem gemeinen Rosstäuscher aufgesessen!

Heiß und kalt durchfuhr es mich, mein ganzer Körper schauderte vor furchtbarem Entsetzen und tiefem Ekel.

Ich musste hier fort, so schnell als möglich!

Immer noch schnarchte der Wirt entsetzlich neben mir. Gut, er war also noch in tiefem Schlaf. Vorsichtig hob ich die Decke an und tastete mich leise aus dem Bett.

Ich nahm mir nicht die Ruhe, das Zimmer nach meinen Kleidungsstücken abzusuchen. „Flieh! Flieh! Flieh! Wer weiß, was geschieht, wenn der Dicke erwacht!", hämmerte es in meinem Hirn und so blieb ich, wie Gott mich schuf.

Mit Drahtseilnerven öffnete ich ganz lang- und behutsam die Türe, um nur jedes Knarren zu vermeiden.

Es gelang mir!

Auf Katzenpfoten schlich ich die alte Holztreppe hinab, immer die Angst im Nacken, dass hinter mir der Wirt auftauchen und mich vielleicht für immer in sein Liebeszimmer zurückholen würde.

Doch unbelangt erreichte ich die Hauspforte. Dann lief ich so schnell als möglich in die dunkle Nacht.

Drei Tage irrte ich durch die Lüneburger Heide, bis mich endlich ein Schäfer halbverdurstet entdeckte und in das Krankenhaus von Walsrode schaffte.

Dort geriet ich in ein schweres Nervenfieber, das mir schließlich aufs Herz schlug.

Nur dem überragenden Können Professor Selbers aus Bremen, einem alten Freund meines lieben Vaters, verdanke ich mein Überleben. Wochenlang schwebte ich zwischen Leben und Tod bis endlich eine Besserung und schließlich Genesung eintrat. Freilich war ich nicht mehr derselbe wie zuvor. Binnen eines Jahres wurde mein einst so blondes Haar aschgrau, mein Blick stumpf. Die langjährige Verlobung mit der Pariser Schönheitskönigin Simone

Bicout zerbrach, was nur zu verständlich ist. Bei jeder Umarmung mit ihr tauchte vor meinen Augen das Bild des fetten Wirtes auf, was mich sofort den Liebesversuch abbrechen ließ. Das akzeptiert auf Dauer keine Frau wie die leidenschaftliche Simone!

Ich musste sie schlussendlich freigeben.

Seitdem lebe ich sehr zurückgezogen. Mit der Hege und Pflege von Orchideen versuche ich mir ein wenig Zerstreuung von meinen düsteren Gedanken zu schaffen, auch wenn mir das nur selten gelingen will.

Selbst jetzt, einige Jahre nach dem verhängnisvollen Erlebnis, sind die Nächte immer noch das Schlimmste. Ohne dass ständig ein Licht brennt, kann ich nicht zu Bette gehen.

Und immer, wenn ich kurz vor dem Einschlafen bin, glaube ich, den sauren Geruch des Wirtes und ein leises Schnarchen im Raume wahrzunehmen.

Sägearbeiten und Schnabeltassen

Ich wusste, dass etwas nicht in Ordnung war, als ich den Anschaltknopf der Fernbedienung nicht an dem mir in Erinnerung gebliebenen Platz rechts unten, sondern auf der gegenüberliegenden Seite vorfand. Wie konnte das geschehen? War mir vielleicht entfallen, dass ich mir ein neues TV-Gerät gekauft hatte? Hatten sich möglicherweise Fremde in meine Wohnung geschlichen und den Apparat einfach ausgetauscht? Oder hatte fahrlässiger Alkoholmissbrauch zu einer augenblicklichen geistigen Zerrüttung geführt? Die letztere Option war mir noch die tröstlichste. Doch sie schien mir bei genauerer Begutachtung des Ganzen doch auch leider die unwahrscheinlichste. Ein braunes Cordsofa hatte ich nie besessen, gehäkelte Wohnzimmertischdecken waren mir zuwider und die scheußliche Blümchentapete hätte ich nie ausgewählt. Doch all das zeichnete sich leider überdeutlich vor meinen Augen ab. „Der alte Knabe trinkt zwar gern einen über den Durst, aber Geschmack hat er ja", pflegten meine zahlreichen Herrenbekanntschaften zu sagen, wenn ich wieder einmal irgendwo betrunken in der Ecke lag. Wie recht sie hatten! Nun ist aber auch Alkohol etwas ganz besonders Feines – und Stil natürlich sowieso.

Kurzum: Der Ort, an dem ich mich befand, konnte unmöglich meine Wohnung sein.

Ächzend versuchte ich, meinen Oberkörper vom Sofa zu erheben. Es wollte mir nicht gelingen! Heftige Kopfschmerzen hielten mich nieder, mein Leib wirkte unbekannt taub.

Verflucht, was war nur geschehen?

Gestern Abend hatte ich meine Wohnung wie üblich gegen 20 Uhr verlassen, um in meiner Stammkneipe „Lönsschänke" einige Gläser meines Lieblingsgetränks Citronensprudel mit Korn zu leeren. Normalerweise leuchtete schon von Weitem das warme Licht der Klause auf die Straße, hörte man das fröhliche Lärmen der bewährten Zechkumpane durch die Häuserschluchten hallen. Doch diesmal lag die Schenke im Dunkeln. „Was mag hier los sein", hatte ich mich gefragt. Vor der verrammelten Türe fand ich Antwort. „Wegen Krankheit geschlossen", hing dort eine mit schwarzem Filzstift geschriebene dürre Mitteilung. Da konnte es sich nur um den Wirt handeln! Immer gelber und gelber war er in vergangener Zeit geworden. Der alte Spruch „Der Wirt war sein bester Kunde" traf freilich nicht auf ihn zu. Oh nein! Dazu waren wir, seine langjährigen Gäste, dann doch zu ernsthafte Trinkgenossen. Für die meisten war es der einzige Zeitvertreib, ja eigentlich Lebensinhalt geworden. Doch auch Karl, so hieß der gute Ausschenker geistiger Getränke, wusste mancherlei zu vertragen. Wenn er trunken wie tausend Russen war, kletterte er gern mit erstaunlicher Behändigkeit auf den Tresen und rezitierte das Götz-von-Berlichingen-Zitat. Da wussten wir, dass es bei ihm gegen Feierabend ging.

Während ich mir fröstelnd vor dem wie ausgestorben daliegend Gebäude den Mantelkragen hochschlug, wünschte ich ihm baldigste Genesung.

Ich beschloss, auf seine Gesundheit zu trinken und zog weiter, den passenden Ort dafür zu finden. Nebel und die hingebungsvolle Beschäftigung mit meinem wohlbefüllten Flachmann, den ich für solche Notfälle immer am Manne führe, waren zwei unheilvolle Genossen, so dass ich schnell vom rechten Wege abkam und rasch jegliche Orientierung verlor. Bald taumelte ich in diese Gasse, bald in jenen Irrweg, ohne auch nur einen Funken Ahnung zu haben, wo ich denn nun war. Erschöpft sank ich schließlich in den Rinnstein, leerte den kläglichen Rest aus der Flachmannflasche und fiel sofort in einen düsteren Schlaf. Das Nächste was mir gewahr wurde, war die vertauschte Fernbedienung. Plötzlich vernahm ich das Trippeln flinker Frauenfüße. Die Stubentüre öffnete sich und eine mir völlig unbekannte Frau trat ein. Das muss ich gleich sagen: Nach meinem Geschmacke war sie nicht. Zu grob ihre Hände, zu hager ihr Körper, zu ungelenk ihre Bewegungen. Freilich focht mich das wenig an. Wenn man wie ich jahraus, jahrein seine ganze Kraft in das Trinken von Schnäpsen hineinlegt, liegt es in der Natur der Sache, dass es mit der Liebe nicht mehr weit her ist.

Auch sah sie mich nicht wie eine Dame an, die in mir den feurigen Don Juan zu wecken hofft, sondern eher wie eine besorgte Mutter, die nach dem fiebernden Kinde schaut.

„Wie geht es Ihnen, mein Lieber", fragte sie und ihre warme Stimme tat mir gleich wohl. „Gut", antwortete ich", fragte aber auch sofort: „Wo bin ich?" – „Bei mir", klärte mich die Unbekannte auf.

Na also! Das war der endgültige Beweis, dass ich tatsächlich nicht in meiner Wohnung war! Als Gast muss man immer höflich sein, das weiß ich nur allzu genau. Deshalb wollte ich aufstehen, um der Frau einige Handküsse zu verabreichen.

Doch es mochte mir nicht gelingen. „Teufel auch, was ist denn da die ganze Zeit los?", fragte ich mich überrascht. Ich sah an mir herunter – und schon wurde ich mir des Malheurs gewahr. Ich war in eine hellblaue Decke eingehüllt und die Konturen zeigten nur im Oberschenkelbereich eine Wölbung. Darunter lag die wollene Decke flach auf dem Sofa. Hurtig schaute ich unter die Decke – und fand meine Ahnung bestätigt: Da wo einst meine Unterschenkel und Knie ihren altbekannten Platz hatten, war nun nichts. „Herrgott, was ist denn das?", entfuhr es mir überlaut. Sogleich tat mir meine Überreaktion leid, denn meine Gastgeberin fuhr sichtlich zusammen, als ich so herumbrüllte. „Verzeihen Sie meinen Ausbruch. Aber ich hasse Überraschungen, seit mir meine Eltern einmal mitgeteilt hatten, dass ich nur ein Findelkind sei, sie mich über hätten und ich doch schleunigst ihr Haus verlassen solle."

Sofort war die Fremde an meiner Seite, wuschelte mir lieb durchs Haar, seufzte und ließ die vergangenen Tage Revue passieren.

Sie, Elke, hatte mich vor vier Tagen halb bewusstlos im Rinnstein gefunden. Da ich sie sehr an ihren kürzlich verstorbenen Mann erinnerte, nahm mich die entscheidungsfreudige Witwe gleich Huckepack und verbrachte mich in ihre Wohnung. Dann lief sie schnurstracks in den Keller, eine große Säge holen. Die Krux in Elkes Leben ist nämlich die: Ihr Mann war Invalide gewesen, nachdem er bei einem Unfall beide Beine verloren hatte. Seitdem bezog er eine geradezu lächerlich hohe Versehrtenrente. Freilich schaute alle sechs Monate ein Versicherungsbeamter vorbei, um zu prüfen, ob dem Manne die Gliedmaßen nicht wieder nachgewachsen seien und man deshalb die

Zahlungen einstellen könne. Der nächste Termin sollte in sechs Wochen sein. Dann wäre unweigerlich herausgekommen, dass Elke den Tod ihres Gatten gar nicht gemeldet und stillschweigend die Rente weiter eingestrichen hatte. Mit mir aber könnte sie den Kontrolleur ganz gewiss übertölpeln und weiterhin in den Genuss des Geldes gelangen. Ich willigte nur allzu gern ein, ihr zu helfen und die Rolle ihres Mannes zu spielen. Für Schabernack bin ich immer zu haben.

Bis der Prüfer uns besucht, haben Elke und ich allerdings noch allerlei zu erledigen. Elkes Mann hatte, wie mir die Gute nun noch verriet, bei seinem Malheur nicht nur die Beine, sondern auch die Arme verloren.

Um den Versicherungsbeamten auch wirklich zu foppen, muss Elke mir die bei meinem nächsten Rausch noch entfernen. Aber warum auch nicht?!

Mir tut es wohl, dass mit Elke erstmals ein Mensch in mein Leben getreten ist, der mich liebevoll hegt und pflegt. Danach hatte ich mich schon seit meiner verkorksten Kindheit gesehnt!

Gerade üben wir meine Zukunft. Elke führt mir Portwein mit einer Schnabeltasse zu. Wie wunderbar glatt und kühl sich das weiße Porzellan an meine Lippen schmiegt. Und wie amüsant es kitzelt, wenn dabei das lockige Haar von Elke über meine Stirn streichelt.

Herrlicher als ich hätte man es kaum treffen können. Auf mich warten nun gewiss die schönsten Jahre meines Lebens.

AUSSERDEM VON NORBERT BOGDON ERHÄLTLICH:

schinduder &
schabernack
Krude Kurzgeschichten

Das Handlungspersonal in diesen absonderlich vergnüglichen Geschichten ist nahezu durchweg moralisch und körperlich verkommen. Es wird unmäßig getrunken, zu trauen ist keinem. Eine literarische Wohltat!

In jeder Buchhandlung erhältlich.